좋으니까 그런다

시작시인선 0339 좋으니까 그런다

1판 1쇄 펴낸날 2020년 7월 10일
지은이 조재도
펴낸이 이재무
책임편집 차성환
편집디자인 민성돈, 장덕진
펴낸곳 (주)천년의시작
등록번호 제301-2012-033호
등록일자 2006년 1월 10일
주소 (03132) 서울시 종로구 삼일대로32길 36 운현신화타워 502호
전화 02-723-8668
팩스 02-723-8630
홈페이지 www.poempoem.com
이메일 poemsijak@hanmail.net

ⓒ조재도, 2020, printed in Seoul, Korea

ISBN 978-89-6021-501-6 04810
        978-89-6021-069-1 04810(세트)

값 10,000원

좋으니까 그런다

조재도

천년의 시작

시인의 말

11번째 시집이다. 숫자가 중요한 것은 아니지만 꺾어진 다는 의미에서 111편의 시를 실었다.

이번 시집을 준비하면서 시에 대한 생각에 큰 변화가 있었다. 시인은 내가 아닌 '네(독자)가 먹을 밥상'을 차리는 사람이라는 것이다. 지금까지 나는 시 쓰기에서 내가 중심이었다. 내 생각과 느낌 정서를 바탕으로 나를 위한 시 쓰기를 해왔다. 그렇게 나는 내가 차린 밥상을 나 혼자 먹고 치워버렸다. 그러던 것이 '너'에 대해 의식하게 되었고, 내가 차린 밥상을 먹어줄 사람이 내가 아닌 너라는 깨달음에 이르게 되었다.

시에 대한 안목이 트이면서 시의 길이 새롭게 열리고, 그러면서 내 시에 변화가 찾아왔다. 딱딱하게 굳었던 시가 말랑해지고 앞뒤 없이 내질렀던 시가 섬세해졌다. 자기만의 언어에 갇혀 있던 시가 소통의 물길을 트려 하고, 허공을 휘둘렀던 도끼날이 발 앞의 통나무를 바로 찍게 되었다. 무엇보다 어느 것에도 매이지 않는 내가 쓰고 싶은 시를 쓰게 되었다.

이번 시집에서 드러내고자 한 주제는 '선의善意'이다. 크고 작은 사물은 물론 인간의 생명, 사회, 지구, 우주라는 광대한 공간마저 선의라는 궁극의 힘이 작용하고 있으며, 그 힘의 영향력으로 모든 사물이 제자리에 존재해 있다는 평소의 생각을 시를 쓰면서 줄곧 해왔다.

시를 다양하게 쓰려고 했다. 동시 같은 시, 짧고 명료한 선시 같은 시, 산문처럼 풀어쓴 시, 수채화처럼 맑은 시, 깃털 같은 연애시, 인생의 묵직한 주제를 담고 있는 시 등. 그럼에도 한결같이 잃지 않으려 한 자세는 앞서 말한 나 혼자 먹고 치울 밥상이 아니라 네가 먹을 밥상을 차린다는 거였다. 읽어주신 당신의 가슴에 누가 되지 않기를 바란다.

차 례

시인의 말

제3부

해 설

제1부

문득

문득 누군가의 얼굴이 떠오를 때 있다

문득 그 사람 말이 생각날 때 있다

보고 싶다, 우선 잘 살아라

선의善意

오늘도 둥지를 틀도록

나무는 새에게 손가락 세 개를 내어주고

잠든 고양이 깨지 않도록

기척을 줄이며 어린아이가 발걸음을 걷는다

사람에게 선의가 있다는 게 얼마나 다행인가

선의가 악의보다 조금 더 많다는 게 얼마나 고마운가

싸우지 않고 서로 잘되기를 바라는 것

마당에 참새들이 날아와 반짝거려 준다는 것

언제부터 나는 이런 선의 속에 살았나

어머니의 사랑법

생전 어머니는 나에게
사랑한다는 말을
한 번도 하지 않으셨다, 대신

어디 가서두 밥 굶지 말어

어머니는 사랑을 밥이라고 했고
나는 그 사랑을 먹을 때마다
마음 안쪽이 가득 부풀어 올랐다

아름다운 손

억센 소나기
공손히 받아 안아
깎는 듯 다듬는 듯
토닥이듯 재우듯
보태는 듯 더는 듯
흔드는 듯 안는 듯
줄이는 듯 늘이는 듯
굴리는 듯 다지는 듯
투명한 물방울
동글동글 빚어내는
저 토란잎

외로운 사람아

사람의 바다
홀로 떨어진 섬아

그 섬에서
갈매기 한 마리 내려앉을 자리 없는
섬의 끄트머리에서

철근 도막이 바늘이 될 때까지
갈고 또 갈아라
앉은 자리 샘이 날 때까지
파고 또 파라

인생이 늘 외로운 것은 아니니
외로울 때
미래의 너의 춤을 준비하라

새와 나 사이

새가 나뭇가지에 날아와 앉듯
네가 내 마음 가지에 앉았다

새를 더 가까이 보고 싶듯
나도 너에게 더 가까이 가고 싶다

새가 날아가지 않게 조심하듯
날마다 네가 떠날까 봐 애태운다

새소리 들으려면 새와 가까이 있어야 하듯
너를 사랑하려면
네 곁에 있어야 한다

참 좋다

환절기 몸살로
몸이 천근만근이어서
아무 일 못 할 것 같았는데
글도 쓰고
너에게 택배도 보냈다
방 뜨겁게
보일러 올리고 누우니
하루가 보람된 것 같아
아픈데도 참 좋다

우울한 마음

이러지도 저러지도 못할
마음일 때가 있다

이러지도 저러지도 못할
사랑일 때가 있다

꼼짝없음에 붙들려
우물쭈물 서성대는 하루여

초라한 우산에 갇혀
허공 하얗게 두드리며 쏟아지는
장대비에
어깨며 바짓가랑이
다 젖을 때 있다

응시

모기란 놈이
악착같이 달라붙는다
탁, 때려잡을까
오래도록 노려보다
그래 내가 없으면 넌 굶지
벌떡 일어나
다른 방에 가 잤다

아침 운동

맨손체조 하는 너를 보니
마음이 놓인다

밤새 별일 없이 잘 잤으니까
아침에 일찍 일어났으니까
하루를 준비하기 위해 몸을 푸니까
그만큼 너의 삶을 너는 사랑하니까

자기 삶을 사랑하는 사람을 보면
마음이 즐겁다
힘이 난다 사랑스럽다
그러지 못한 나의 하루를 반성한다

마무리

시작이 있으면
끝이 있게 마련
먹고 난 그릇 설거지하는
끝마무리는 우리 삶 어디에나 있다
심지어 사랑에도
심지어 목숨에도
꾼 돈 이만 원
갚는 일에도 있다
양파 망처럼 끝을 꼭
묶어두는 일만이 좋은 마무리는 아니다
내일로 가기 위해
오늘의 종점에서 쉬는
시내버스도 있다

잘 죽자

잘 살았으니
잘 죽자

젊어서는 죽으면 안 돼
젊어서는 무슨 일 있어도 살아야 해
늙어서도 안 죽으려 하면 안 된다

조촐하게 죽자
새처럼

다 쏟아내고 죽자
빈 들처럼

스스로 원해서 죽자
스콧 니어링처럼

그 사람 참 고마웠어
죽어서 그런 소리 듣게
살았을 때 제대로 살자

모르겠는 것들

아침 식탁에서 아내가
나이 들수록 모르겠는 것들 많아진다고 한다
나도 그렇다
그 물건 살까 말까
그 사람 만날까 말까
그 보험 들어야 하나 말아야 하나
나의 노후 행복할까 비참할까
생각할수록 의문은 늘고
흰머리만큼이나
모르겠는 것들 많아진다

세상에서 제일 부자

커피값 4천 원 내고
아무 생각 없이 카페에 앉아 있을 때

유리창 바깥
길가 나무와 사람과 차들을 구경할 때

석양의 빛으로 하루가 조금씩 어두워갈 때

그냥 그렇게 편하게 있을 때

어떤 시구가 떠올라 경단 굴리듯 머릿속에 굴려도 볼 때

오늘 저녁은 무얼 먹나, 하는 배고픈 생각이 살짝 스치
고 지나갈 때

그런 저녁나절 한때

뭘 하지 않아도 좋은 목적 없는 시간이 나에게 있다는 게
나는 좋고

세상에서 제일 행복하고 부자처럼 느껴지는 것이다

가을 편지

썰물처럼
빈손으로 떠나는 가을에

시든 풀처럼
겨울을 향해 눕는 가을에

고추잠자리 꽁지처럼
빨간 가을에

너에게 편지를 쓴다면
사랑해, 라는 아주 짧은 말에
긴 강물이 흐르는 편지를 쓴다면

너는 그 편지 열 번 스무 번 읽어주겠니
편지지에서 그 글자만 떼어내
네 가슴에 심겠니

지켜보다

아침저녁
책상 위 노란 모과
지켜보는 나처럼

한동안 소식 없이
칩거하는 나를
변함없이 지켜보는
너의 눈길처럼

지켜본다는 건
지켜준다는 것

몸은 상하지 않았는지
향기는 그대로인지
그윽한 눈길
거두지 않는다는 것

지켜보는 눈길들이 짜는
따듯한 그물망
지구의 무거운 중력을
살짝 들어올린다

감자꽃

감자꽃 예쁘지만
감자꽃 따줘야 감자 밑 실하게 든다

척박한 땅
오래 버티고 싶으면
감자꽃과 친해져라
고구마꽃 벼꽃 옥수수꽃과
친해져라

도끼로 허공을 휘두르지 말고
앞에 놓인 나무를 정확히 찍어라

선물

선물이 기쁜 건
공짜이기 때문

너 태어날 때
네가 받은 선물
눈 코 입 네 몸의 전부
공짜로 받아서
기분 좋게 평생 잘 쓰고 있잖아

메아리

앞산에 올라 소리쳐 본다
메아리가 살아 있다

앞뒤도 없는
위아래도 없는
둥근지 네모난지 모를
메아리가

50년 동안
죽지 않고 살아 있다

나에게 돌아오는 길을
잊지 않고 있다

상처의 연대

내가 만일 무슨 모임을 만든다면
상처의 연대를 만들고 싶다
노동자 농민 도시 빈민 같은
계급 계층의 모임이 아닌
무정부주의 사회주의 코뮤니즘 같은
이념 성향이 아닌
상처의 연대 모임을 만들고 싶다
삶이란 불에 덴 자국이 있는
보이기 싫어 옷깃으로 감추고 있는
상처들의 연대 모임
부모 가족 연인 부부 직장 동료 사이
받은 상처
가난 불화 열등 장애 공권력 절망에
받은 상처
나만 이렇게 모질게 산 게 아니었구나
나만 이렇게 못나고 불행한 게 아니었구나
생의 마디마디에 새겨진
삶의 얼룩 내보이며
서로를 끌어안는 상처
서로의 밑바닥을 쓰다듬는 상처

그리하여 고개 주억거리며 눈물 흘리고 싶구나
그리하여 어루만지는 손바닥에 따듯한 피 묻어나고 싶구나
못난 것들끼리
울음이 터지는 것들끼리
모임 하나 만들어
이 세상 찔기게 끈질기게
살아내고 싶구나

복사나무 밑 천 길

연분홍 작은 꽃잎
복사나무 밑 천 길 낭
그 아찔한 절벽 어떻게 뛰어내리나
아아 혼자로는 못 뛰어내릴래
열매 맺을 우리 사랑
그 약속 아니면 못 뛰어내릴래
아무리 봄바람 분다 한들
아무리 나뭇가지 흔들린다 한들
아무리 술 한 잔에
얼굴 볼그스름히 달아올랐다 한들

하찮은 것들

가을 들녘에 남아 있는
하찮은 것들
여름날의 정열이
헌 옷처럼 벗어놓은
생의 흔적들

논바닥 짚 검불
바짝 오그라든 호박잎
배추밭 밑동 잘려 낭자한 배춧잎들

불멸이 있다면
젊은 날의 찬란함 추억할
힘이 있다면
하찮은 것들에 있지 않을까

그것들에 남아 있는
허름한 온기에
지금은 가고 없는
뜨거웠던 여름을
우리는 덜 아쉬워한다

풍경 소리

허공에 매달린

물고기 집은

종인가

허공인가

그리움의 바람 불어

땡그랑 땡그랑

그대 가슴 울리면

오목하게 파인

그대 가슴인가

앨범 사진

앨범이라는 말에는
봉선화 꽃물 같은 추억이 서려 있다
엄마하고 부를 때 돋아나는
정겨움이 있다

앨범에 꽂혀 있는
종이 사진들
흑백사진 컬러사진
크고 작은 것들

생애 마디마다
빛나던 순간들

지금은 화면 사진에 밀려
여름철 난로 신세

이야기는 힘이 세다

이야기 잘 하는 연인은 안 헤어진다
이야기 잘 하는 부부는 이혼 안 한다

풀을 뽑아보라
줄기가 끊길망정
뽑히지 않는 것은
풀뿌리에게
흙과 나누는 이야기가 있기 때문

풀뿌리의 생명은
흙과 하는 이야기

매일 소곤대는 너와 나의
사소한 이야기가
우리 사이 오래 시들지 않게 한다

눈빛 터널

사랑하면
세상에 없던 터널이 뚫린다
너와 나만 알고 있는
눈빛 터널

둘 사이에만 뚫리는
비밀의 눈빛 터널은
두 사람 사랑의 밧데리에 의해
환하게 밝아진다

사랑하는 사람아
환한 대낮에도
햇빛보다 더 강한 빛이 네 이마에 비치면
내가 너를 보고 있다 느껴다오
팔짱 끼고 유리창가에 나와
살포시 미소 띠며 생각해 다오
사랑이란
오래 많이 생각하는 것임을

멧새 소리

산에 무덤이 파헤쳐져 있다

파헤친 자리
천 년이 가도 썩지 않을
상석이며 비석 나뒹굴었다

흉측한 석물石物
거기 새겨진 자손들 이름

내려앉지 못하는 새가
눈송이 되어
죄 죄
겨울 하늘을 맴돌았다

정점頂點

산이 좋으면
산에 가라

비가 좋으면
비를 맞아라

바람이 좋으면
들을 달려라

말이 필요 없다
그 자리에서
죽어버려라

제2부

탄생

누구나 처음엔 겁에 질려 운다

사정없이 두 눈을 찔러오는 빛

돌아갈 수 없는 그 길에
누구나 강보에 싸여 빨간 울음을 운다

칭기즈칸도

끝순이도

산다는 것 1

산다는 것
이어지는 것
어제에서 오늘로
오늘에서 내일로

탈 없이
탈 있이
한 해에서
다음 해로

낮에
일하고
밤에
자는 것

인도에서
스리랑카에서
체코에서
피레네산맥 조그만 마을에서
레바논에서

알래스카에서
쿠바에서

이어지는 것

툭,
끊기지 않는 것

시간이란 강물에
사건
끊임없이 떠내려오는 것

산다는 것 2

오늘도 강물은 앞다투어 흐른다

오늘도 가난한 집 아이가 가슴 찢어지게 운다

오늘도 알바 아가씨 출근한다

오늘도 누 떼가 악어를 피해 강을 건넌다

오늘도 한 사람과 한 사람이 연애한다

오늘도 술꾼은 술을 마신다

오늘도 노숙자가 기차역 바닥에 라면 상자를 깐다

오늘도 밤의 끝 새벽이 온다

오늘도 수술 끝난 환자가 깊이 숨을 몰아쉰다

오늘도 집에 와 씻고 잔다

오늘도

산다는 것 3

죽었다는 건
목소리 잠깐 듣고 싶어도
들을 수 없는 것
살았을 때 전화라도 자주 하자

죽었다는 건
잠시 잠깐 보고 싶어도
볼 수 없는 것
살았을 때 많이 보자

너무 멀리하지 말자
그렇다고 너무 가까이해
망가지지 말자

죽은 사람은
죽은 자들에게 맡기고
살자 사랑하며 살자

미안합니다

미안합니다 나를 별로 좋아하지 않으면서
여태껏 살아줘서

미안합니다 아직도 글 쓰고 책 낸다고
언어를 마구 부려먹어서

미안합니다 내 일 한다고
사랑하는 이에게 아무것도 해준 게 없어서

미안합니다 이제 곧 집에 가야 하는데
가져갈 선물 하나 마련하지 못해서

고맙습니다 이 미안한 것 모두가
고맙고 감사합니다

저항하다

글 쓸 때
그런 글 써서 뭐 하냐는
백지의 저항

말할 때
말하지 말고 침묵하라는
침묵의 저항

일할 때
너무 열심히 일하지 말라는
아니 함의 저항

세계는
함과
하지 않음의
끝없는 긴장

삶에 저항하여
죽음
삶이 이길리높은 깃들
서서히 가라앉힌다

연필과 지우개

쓰기 위해 연필 태어났다
지우기 위해 지우개 태어났다
이 둘의 관계
무언가 어긋난

그런데 이런 관계
어긋난 관계라 생각하지 않는다
보다 높은 차원의 어떤 일 위해
바늘과 실처럼
서로 돕는 관계

홍수가 나
한집에 살던 연필과 지우개
물에 휩쓸려 바다에 떠내려갔다
흔들리는 파도에서도
연필 글씨 쓰려 하고
지우개 연필 옆에서
글씨 지우려 했다

이런 관계

제 본성에 끝내 충실하면서도
무언가 어긋난

얼마 후
폭풍이 치자
연필 바다 밑 가라앉았다
지우개도 바다 밑 가라앉았다

새소리

커다란 나무에 꽃만큼 가득
새소리가 열렸다
초로롱 조로롱
찍 – 짹

누구는 아흠 기지개 켜며
새소리 비쳐 든 아침 햇살에 윙크하고

누구는 시끄럽다 투덜대며
이불 뒤집어쓴다

식물성

덜 먹기
덜 바쁘기
침묵하기
병과 상처 견디기
철 따라 살기
밤 되면 기어드는
짐승들 재우기
조촐하게 죽기
서로 외롭기
때 되면 꽃 피어
홀로 빛나기
일 년에 한 번
헐벗기
냄새 아닌
향기 품기

부고

부고가 왔다
8일 전 운동하다 쓰러졌다는
아는 이의 운명 소식
하늘이 무게 잃은 시소처럼 기우뚱 기운다
대단할 것 같은 인생인데
이렇게 툭, 허망하게 끝난다
이런 날은 두 손 모아
기운 하늘을 받들고 싶다
철렁 내려앉은 가슴으로
발아래 흙을 보듬고 싶다
몇 줄 문자로 짧게 오는
죽음의 소식들
갈수록 간절해지는 하루하루에
오늘은 울컥
찬 소주에
펄펄 끓는 메기매운탕을 먹고 싶다

봄비

빗소리 듣고 싶어
우산 쓰고 산에 갑니다
가만가만 조용조용히 내리는
봄비
사납지 않아서 좋아요
상냥해서 좋아요
여린 잎 싹들 고마워합니다

자분자분
연두의 가생이에 내리는
봄비

생명을 키우는 것은
부드러움과 상냥함임을
일깨워 주는 봄비

좋으니까 그런다

꽉 짜인 보도블록 틈
실낱같은 풀
악착같이 사는 것도
좋으니까 그런다

40년 50년
사네 못 사네 싸운 부부
이혼 안 하고 지금까지 사는 것도
좋으니까 그런다

그럼 좋으니까 그러지
좋은 것은 오래간다
좋은 것엔 이유가 없다

저것 봐 저것 좀 봐
둘이 그렇게 좋아하더니
얼굴이며 웃는 모습이
꼭 닮았어

행복의 지름길

젊어서는 행복이
꼭 뭘 이루거나
가져야 하는 줄 알았다

나이 들며
생의 간절함 갈수록 커지면서
행복은 곁에 있다
아프지 않은 것
하고 싶은 일 하는 것
만나고 싶지 않은 사람
안 만나도 되는 것

젊어서나 나이 들면서나
행복은 모두 아름답지만
너무 행복하길 바라지 않는 것이
행복의 지름길이다

무격格

사람도 인격 있으니
무에게도 무격 있겠다

이마트 채소 칸
장딴지만 한 무

희고 미끈
예사롭지 않은 풍모

허리 곧추세운 채
묵묵히 말이 없다

헝클어진 무 잎
사로잡혀 끌려온 장수 같다

벌거벗긴 채
팔려 가길 기다리는 당신에게
부드러운 흙의 옷 입혀 주고 싶었다

바람 부는 날

바람 부는 날이면
그리운 이가 그리워진다
한자리에 앉아 있을 수 없는 마음
바람처럼 사정없이
그리운 그에게 달려가고 싶다

바람아
질정할 수 없이 마구 내달리는 바람아
물어봐 다오
그이도 나처럼
그리움이 남았는지
바람 씽씽 부는 오늘 같은 날
창문 꼭 닫고 잊은 지 오래인지

인생은 기다림

인생이 무엇인지
말할 사람 있을까
인생이 무엇인지
알고 사는 사람 있을까
따지지 마라 그냥 살아라
사람들은 말하지만
인생은 기다림
크고 작은 일에 대한
간절한 염원
기다린다는 건 바라는 게 있다는 것
갯벌의 모시조개가
타는 갈증에 입을 내밀고
다시 바닷물이 들어오길
기다리는 오후처럼

우는 새

새장 속의 새
날개 뼈 접혀 울음이 된 새

좁쌀만 한 부리로
어떻게 그 많은 울음 쏟아내나

내 사랑 끄당겨
제 곁에 놓아두려는 새

단맛 사랑

단맛 같은 사랑은 하지 말자
음식에 아무렇게나 푹푹 퍼 넣은
설탕 같은 사랑은 하지 말자

단맛 같은 사랑은 하지 말자
물엿 뒤범벅
싸구려 과자 같은 사랑은 하지 말자

단물만 쏙 빼먹고 퉤 뱉어버리는
껌 같은 사랑아

어떤 사랑도 처음엔 단맛으로
혀끝에 감겨 오리니

달아도 오래 씹은 밥처럼
힘이 되는 사랑을 하자

제비꽃

대웅전 앞은
붐비는데
뒤는 호젓하다

맑은 햇살 꽃나무
사진 찍는 사람은
앞 차지

고요가 고여 있는
뒤뜰 그늘에
제비꽃이 피었다

외로움에 익어
보랏빛이 된
제비꽃이 피었다

돌

그 돌은 발견된 것이다
얼마나 오랫동안
발견되길 기다렸겠는가
검은 몸에 흰 줄
조바심을 두르고
다른 돌무더기 틈에 섞여
눈에 띄길 기다렸겠는가
그 돌처럼 너도 언젠가 발견된다
누군가의 눈에
발견되어 쓸모가 달라진다
그러니 기다려라
언젠가 발견될 순간을 놓지 말아라
이대로 묻혀 버릴지도 모른다는
의구심과 두려움을 안고

사랑의 이유

사람은 종이에도 베이는
약한 존재

사람은 큰 산이 아닌
작은 돌부리에 걸려 넘어지는
사소한 존재

작고 연약함이
서로를 사랑하게 한다

미웠던 사람도 다시
사랑하게 한다

관계의 지옥

행복해야 할 관계가
지옥일 때
사랑해야 할 관계가
고통일 때
그리하여 건널 수 없는 강일 때

부부
가족
연인
직장 동료 간
관계가 깨졌을 때

보지 말아야 한다
떨어져 있어야 한다

칼에 베인 상처 아물어
새살 돋을 때까지

어쩌면 그 인생
끝날 때까지

용서는 어디에서 오는가

그가 미안하다고 할 때
나 무엇이 미안한지 묻지 않았다
그 일에서 이미 벗어났으므로

그가 잘못했다고 할 때
나 무엇을 잘못했냐고 묻지 않았다
그 일에서 이미 떠났으므로

용서는 어디에서 오는가
인간의 힘으로 할 수 없는
진정한 용서는

그가 용서해 달라고 할 때
나 무엇을 용서하냐고 묻지 않았다
나 이미 용서했으므로
다만 그 사실만은 잊지 않았다

희망

거짓 희망은
종이 날개
날으려 할수록
찢어진다

거짓 희망은
외부에서 온다
힘이 없는데 힘내라는 말은
죽으라는 말과 같다

희망엔
날개가 없다
있다면 오직
밥 먹고 기운 내 일어서는
몸뚱이가 날개다

접힌 무릎 펴고
움츠린 두 팔 활짝 펴라
네 몸의 날개
최대한 크게 하라

낙타

낙타는
등짐이 무거워
쉬고 싶었다

낙타는 하도 오래 걸어
무릎이 헐거워
쉬고 싶었다

구만리
사막의 길

상인아
잠시 앉아 쉬는 낙타
몰아세우지 마렴

쉬는 김에 당신도
둥근 낙타의 배에
등 기대고 비스듬히 누워
담배나 한 대
디 빼덤

여자

속리산 비탈
수천의 나무가
여자의 가슴팍에 꽂혀 있다
남자는 떠돌이
오늘도 지구 위 떠돌이들이
여자의 가슴팍에 머리를 박고 운다

*

대천 해수욕장
수천만 년 매일 아침
새로 감은 머리칼 바람에 휘날리며
바다로 걸어 들어가는 여자의 발을
갈증에 지친 남자들이
엎드려 핥고 있다

50년 세월

단 한 번뿐인 인생에
단 하나뿐인 지구에서
누군가와 50년 세월
함께한다는 거

그런 사람 너에게 있니
아홉 번 찌고 아홉 번 말린
죽염 같은 사람
네 가슴에 남을 사람
귀중한 사람

몇이나 되니
구슬은 깨져도
실처럼 남을 사람
관계는 우련해도
네 인생에 남을 사람

서울행

멸종 위기 천연기념물이
서울행 버스에 타고 있다
나는 그 옆 옆자리에 앉아
흘끔흘끔 곁눈질한다

아기다

곯아떨어진 젊은 엄마 옆
침흘리개 아기가
스마트폰을 갖고 논다

내가 딱 턱짓하자
멸종 위기 입이 비죽 일그러지며
울려고 한다

까치 소리

요양원에 계신
엄마를 보고 오는 길은
늘 괴로웠다
늘 눈물이 났다
인생이 뭔지
산다는 게 뭔지
이제 조금 있으면
우리들 차례
그런 생각하면
전봇대 위
까치 소리도 예사롭지 않았다
요양원에 다녀온 날은
운전도 조심하고
말도 상냥하게 했다

제3부

인생

풀잎 끝 이슬로 살아도
백 년을 꽉 채우는 인생이 있다

참새가 쪼아 먹은 들깨 씨 속에 살아도
광활한 우주를 내다보는 사람이 있다

푸른 바다
좁쌀 하나로 떠 출렁여도
좁쌀은 좁쌀

사랑하라, 시간이 많지 않다
싸우지 마라, 10분 후에 후회한다

하늘과 땅 사이
흩어지지 않는 것 없으니
네 곁의 사람
있을 때 잘해 줘라

외로울수록 너의 길을 굳세게 가라
부르르 떠는 화살이 되라

그만큼

개미는 개미만큼 일하고
벌은 벌만큼 일한다

초원의 코끼리도
얼룩말도
그들만의 그만큼

인간만이
그 이상 일한다

산은 우뚝 서서 일하고
물은 도란도란 흐르면서 일한다

겨울 산

스틱으로 찍어도
되퉁기는
깡깡 언 겨울 산이 좋다

햇빛 한 점 들지 않는
산비탈
바싹 마른 참혹한 침묵의
겨울 산이 좋다

상처마저 얼어버린 겨울 산
영하 20도 적설의 무게 견디지 못해 부러진
소나무 속살의 장쾌한 향기

모든 것들이 최소로 남은
생의 극지
진실한 인생의 테마가
얼음조각으로 빛나는 곳

살을 찢는 칼바람이 부연 눈보라 일으키는
겨울 산이 나는 좋다

듣고 싶은 말

피곤하니? 좀 쉬어라
우울하니? 맛있는 것 먹을까
외롭니? 내가 있잖아
○○ 씨, 복권 당첨되셨습니다

청춘 응원

청춘아
세상이 밤바다 같지
불빛 한 점 보이지 않는 밤바다
어디로 헤엄쳐 가야 할지 모르는
막막 아득함
난파선
캄캄 암흑에 상어가 나타날 것 같은
검은 물에 물귀신 발목 잡아당길 것 같은
오늘의 튜브는 바람이 새고
내일의 언덕 더더욱 보이지 않는
청춘아
약해지지 마
포기하지 마
젓다 보면 언젠가
닿을 날이 있을 거야
인생은 최선을 다하는 노 젓기이니까

겨울비

겨울비 내린 산에
솔방울만 한 새들
무리 지어 내려앉았다

눈 녹은 틈을 타
무언가 열심히 쪼고 있다

눈물겹구나
작은 새의 손톱만 한
위장이여

고맙구나
얼어붙은 눈 녹여
새의 양식 드러내준
겨울비여

첫걸음마

초등학교 입학한 아이
학교생활 시작하는 첫걸음마

대학 졸업 후 첫 출근
사회생활 시작하는 첫걸음마

정년퇴직 후 집에 있는 사람
노년 생활 시작하는 첫걸음마

들어가면 다시 나올 수 없는
저승 문 열고 들어가는 사람
사후 세계 첫걸음마

어떤 신도 독재자도
첫걸음마 떼는 사람에게
상냥해야 한다
약하니까
두려우니까

기쁨

시인의 기쁨은 시

가수의 기쁨은 노래

농부의 기쁨은 수확

노동자의 기쁨은 임금

새들의 기쁨은 비상

꽃의 기쁨은 향기

사람의 기쁨은 일

외로움의 기쁨은 사랑

오늘의 기쁨은 오늘

나의 기쁨은 사랑하는 너

누구인가

너와 함께
가장 밥을 자주 먹은 사람 누구인가
그 사람이 네 인생이다

너와 함께
가장 많은 시간 함께한 사람 누구인가
그 사람이 네 인생의 배경이다

너에게 만나 밥이나 먹자
전화하는 사람 누구인가

사막에서 우물 찾듯
목마를 때
네가 찾는 사람 누구인가

그런 사람 있는가
없다면 너는 아직 어른이 아니다

마음에게

여름비도 폭우가 되어 한꺼번에 쏟아지면
잘 자라던 나팔꽃이 죽고

엄마 사랑이 한꺼번에 쏟아지면
아이는 숨 막혀 질식한다

무엇이든 한꺼번에 쏟아지는 것은
좋지 않다 그릇을 깨버린다

마음아
붉은 물 홍수처럼 쏟아붓고 싶은 마음아
조급함이 사랑이라고 믿는 마음아

풀뿌리 적시는
맑은 시내로 흐르자
천천히 조금조금씩 흘러넘치자

눈의 서정

오랜 겨울 가뭄 끝
눈이 내렸다

하늘이 온종일 시무룩하더니
눈이 내렸다

푸근히 내린 눈의 서정을
누구와 나눌까

강아지와 나눌까
흰 눈 처음 보는 아가와 나눌까

누구든 내가 지피는 군불의 방바닥에
눈송이처럼 쓰러져
기꺼이 녹는 사람과 나눠야지

오래는 말고
너무 짧게도 말고
내가 살아 있는 동안

새봄

일 년에 한 번 튀어 오르는 공
통통 토르르 굴러
여름이 되고 가을이 되는

개구리알처럼 미끈거리는 공
꽃망울 잎망울 색색의 공
이 나무 저 나무 옮겨 다니며
귓속 간질이는 새소리 공

저 용수철처럼 튀어 오르는
새봄의 공을
맨 처음 세상에 던진 이는 누굴까
길고 긴 겨울 구원 투수로 나서
네- 크게 와인드업, 하며 던진 이는 누구일까

엄마의 강

젊어서 엄마는 젖이 얼마나 흔했는지 애들이 안 먹을 때
는 하얀 젖이 그저 뚝뚝 떨어져 그 젖을 쭉쭉 짜내야 했다고

코쭝배기 박고 할딱할딱 어미 젖을 빠는 돼지 새끼들처럼

흐르는 엄마의 강에 입을 대고 꿀꺽꿀꺽 젖꼭지 빨다
푸근히 잠들었을 여섯 마리 강아지들

짜장면 사랑

흰 면에 검은 소스 왈칵 부어
슥 슥 비벼지는 짜장면

마주 앉은 식탁에서
지금 우리가 건네는 말
후루루 쩝쩝 후루루 쩝쩝
이보다 더 맛있는 말이 있을까

입가에 묻은
까만 짜장면들의 키스 핥아 먹고 싶어라
고개 들어 가만히 바라보면
보조개 옴쏙
하얀 이 더 하얗게 웃는 사람아

사랑해, 단무지 씹으며 노랗게 속삭이면
응 나도, 가늘은 눈웃음 건네주는 청춘아

짜장면 사랑을 하고 싶다
짜장면 사랑으로 허전한 생의 식욕 달래고 싶다

>
나의 하얀 외로움에
당신이라는 소스 듬뿍 부어
슥 슥 비벼 먹는 그런 사랑 하고 싶다

늦가을 저녁

밭에서 따 온 늙은 호박이
부엌에서 호박죽이 되어 박죽박죽 끓는 동안
졸지에 자식 잃은 호박 덩굴
된서리에 잎도 다 말라 줄기만 앙클한 그 덩굴
넌줄넌줄 뻗어와 그 집 부엌 서성거리네

어둠을 밀어낸 흐린 불빛 아래
부엌 바닥에 놓인 밥상
오늘은 별식으로 호박죽을 먹어보자
두 늙은이 마주 앉아 후후 호박죽 먹네

그 모습 보고서야
마른 탯줄 같은 호박 덩굴 고개를 끄덕이네
마음이 놓인다고
이제 막 밭에서 캔 감자 같은 사람들이
제 새끼 맛있게 먹어주어 좋다고

호박 덩굴 다녀간 것도 모르고
두 늙은이 마주 앉아 호박죽 먹네

종소리

산을 내려와
그대 귀에
은빛 귀고리로 걸리는
종소리

그 은은한 속삭임 뒤에는
종소리 밀어 보낸
또 다른 종소리가
종 안에서 자글자글
끓고 있는 줄 알아라

강아지풀

철조망과
출입 금지 팻말이 있는
사유지 땅에

땅값 오르기만 기다리는
연탄재처럼 푸석푸석한 땅에

수천 마리 강아지
신나서 뛰어논다

바람에 강아지풀
마구 흔들린다

여름 나무

답답한 구두를 벗고
샌들을 신었다
아 맑은 햇살 아래 놓인 발가락
일 년 만에 해방된
열 개의 발가락이
물고기처럼
햇빛 발씬발씬 받아먹는다
꼼지락거리는 하얀 발가락이
누에처럼 눈부시다
나도 한 그루 여름 나무가 된다
머리칼 휘날리며
두 팔 와짝 벌려
태양의 하늘 뭉게구름에 닿는다

제라늄

암흑의 우주 공간
하얗게 긁으며 달려온
빛, 빛의 고독

지금 이 순간까지
나날을 살아낸
너, 너의 고독

그 신비
애잔함
모든 존재에 깃들어 있는
슬픈 찬란함

가을 하늘 높이 나는 새는 어디로 갈까
남국의 여행 끝
햇살처럼 짧아진 너의 그림자는

궁극의 답은 없고
이 가을 제라늄 붉다
1톤 빨강 쏟아부은
제라늄 붉다

부모

고마워요
죄송해요
사랑해요

그런 사랑이면 되겠지요

사랑이 지나고 나서야 알았어요
너무 지극한 사랑은 오래 아프니
너무 사무치지 말아야 한다는 걸

이별을 겪고 나서야 알았어요
너무 아픈 이별은
사랑마저 원망하게 한다는 걸

그 정도 사랑이면 되겠지요
너무 아프지 않을 만큼 사랑하면 되겠지요

하지만 사랑엔 그 정도라는 게 없으니
깊이의 한계라는 게 없으니

그래도 당신 만나 좋았다는
그런 사랑이면 되겠지요
오래도록 아파도 잊히지 않는
그런 사랑이면 되겠지요

칼과 꿀

칼끝에 묻은 꿀을
노인이 부드러운 혀로 핥아 먹는다
어린이 무서워하고
젊은이 휙 버렸을 꿀을

사랑

폭풍이 치면
어부들은 배를
말뚝에 묶어 맨다
그제야 배는 안심한다
자기를 위해 밤새도록 싸워줄
줄이 있으므로

서해에서

인생도 저 바다처럼 붉게 젖으면
돌아갈 곳이 필요하다

노을이 건네는 금빛 언어
나비 떼 나비 떼로 파닥이는 서해에서
밤늦도록 불빛으로 흥청거릴
인간의 오만이 두려워라

바다가 저를 밀어내도
기꺼이 모래알로 돌아가는
조개껍질들

지는 해보다 더 괴로운 것이
노을이듯
떠난 사람보다 더 슬픈 것은
검은 섬으로 남아 있는 사람이다

내 자리

산에 가면
내 자리가 있다
집 앞 카페에도
내 자리가 있다
거기 누가 있으면
슬그머니 나온다

지구별 어느 끝
권력 없는 왕의 자리

내 자리는 나의 스승
어떤 책보다
어떤 불면보다
인생을 깊이 있게 만난다

너를 향한 그리움을 보기 위해서는
눈 감아야 하는 것도
내 자리에서 배웠다

그냥 두어라

물은 물대로
흐르게 두어라

키 큰 해바라기
작은 민들레로 만들지 마라

철사 마구 비틀어
분재하지 마라

참견이 심하면 싸움이 일어난다

사랑한다면
그냥 두어라

그냥 둘 수 없다면
사랑하지도 마라

하수들

우린 오늘도 베인다
신문에 뉴스에 인터넷 거짓말에
피 안 나게 베이어
멀쩡히 살아 있다

하수들이나 사람을
낭자하게 죽인다

제4부

교감

산행 길
밤새 내려 쌓인 눈
툭, 털어주니
여린 나뭇가지
고맙다 휘청, 인사하네

1월 저수지

깡깡 언 저수지
얼음장 한복판에 박힌
돌덩이 하나
봄이 오면
그곳부터 얼음 녹으니
이 겨울 함께 견디자 나의 사람아

소금별

소금별은 짜다
비가 오면 고통이 녹아 짠맛이 난다
상처의 딱지들이 하늘에 올라가
별이 된 소금별

＊

상처는 아픔이 고여 있는 생의 골짜기
일생의 꽃 피워 내는 그늘 골짜기

＊

벌레가 아무리 나뭇잎을 갉아 먹어도
나무는 갉아 먹지 못하듯
너를 쓰러뜨리지 못한 상처는
네 인생의 자산
상처를 사랑하라
너의 붉은 소금을 사랑하라

내 사랑 당신

힘들고 지쳤을 때
나를 일으켜 준 당신
일어나라는 말 대신
가만히 겨드랑이에 손을 넣어준

내 손을 잡고
들을 가로질러 온 당신
곁에서 괜찮냐며
상냥하게 말을 건네준

산을 오르며
인생이란 험한 산을 오르며
앞에서 몸소
길을 내어준

고마워요 사랑해요
내 삶의 대박이신 당신

물웅덩이

물웅덩이만 보면 달려들었다
물웅덩이에서 찰박찰박 소리가 났다
풍덩풍덩 소리도 났다
좋아 어쩔 줄 모르며
발로 물을 마구 텀벙거렸다
기겁을 한 엄마 뒤쫓아 와
번쩍 들어올려 엉덩이 맴매했다
쏜살같이 지나간
생의 절정
언제부터 나는 물웅덩이 보면
피해 돌아갔나

절벽

올라야 할 절벽도 있지만
기어 내려와야 할 절벽도 있다

올려다보면 까마득한 하늘도 있지만
내려다보면 아찔한 바다도 있다

절박한 자만이
기어오른다

빠삐용처럼 뛰어내린다

젖은 낙엽

비 온 후
길바닥에 붙어 있는 젖은 낙엽
사람 발에 밟혀도
비에 쓸려도
착 달라붙어 떨어지지 않는 낙엽
나는 젖은 낙엽이 좋다
악착같이 붙어 있어서 좋다
포기하지 않고
끝까지 가는 사람이 좋다
춥지만
젖었지만
고개 들어
밤하늘 별 올려다보는 사람이 좋다

누룽지

모든 일을
누룽지 대하듯 하라
밥하다 태웠다고
성질내지 말고
누룽지 생겨 좋다고 하라
밥에서 밥과
누룽지가 생겼으니
네 기쁨 두 배가 된 거 아니냐
그 누룽지 기름에 살짝 튀겨
설탕 솔솔 뿌리면
네 기쁨 네 배 되는 거 아니냐

네 것이라고 함부로 할 수 없다

네 얼굴의 이쁨도
네 몸의 늘씬한 기럭지도
네가 은근히 자랑하는
S라인 몸매도
너의 재능
미모
끼
이런 게 네 것인 줄 알지만
네 것 아니다
신이 내려준 선물
사회의 것이다
이것을 네 것으로만 안다면
너는 한낱 상품
사고팔다 깨지고 말 유리구슬
예쁠수록
잘나갈수록
이 점을 잊지 마라

나무의 생존

나무는 잘리는 순간
살기 위해
잘려 나간 부분을 잊는다
피 흘리는 상처에
오래 머물지 않는다
바람에 필사적으로 떠나보낸다
밑동 잘린 나무가 흘리는 눈물을 보아라
분노로 끓어오르는 나뭇진을 보아라
그러나 이내
새로 돋는 파릇한 잎
끈적거리는 상처 마르지도 않았는데
풋풋한 생명의 싹 밀어올린다
눈물과 결핍으로
새 삶을 도모한다

반을 버려라

집착의 반을 버리면
묻혔던 사랑 맑게 드러난다

욕심의 반을 뚝 잘라 버리면
네 가슴에 평온의 지평선 떠오른다

살지 못할 이유 반을 잘라 버리면
그래도 살 만한 세상이다

골치 아픈 생각 반을 잘라 버리면
홀가분함에 자리 툭툭 털고 일어선다

반만 잘라 버려도
인생의 시소 기우뚱
안 보이던 세계 눈앞에 나타난다

울 곳

울고 싶은데
울 곳이 없다

옹이 많은 어머니는
속상할 때
논두렁가 개망초 꽃밭에서
앉아 있다 나오셨다

어머니 눈이 빨개 있었다

하루의 위안

잘하고 있어
걱정하지 마
그래, 지금처럼 하면 돼
누군가 내게
이런 말을 해주었으면 좋겠다
내 불안을 녹일 말
내 안의 얼음덩이 녹여 줄 말
밥보다 힘이 되고
잠보다 달콤한
마음과 마음이 따뜻하게 섞이는 말
하루의 깊은 강을
건네주는 말

배롱나무 한 말씀

열흘 붉은 꽃 없다지만
백일홍
한 계절 지나도록 내내 붉더라
왜 그런가 하고 살짝 물으니
사람들이 간지럼 먹인다고
속이 간지러워
웃음꽃 팝콘처럼 마구 터트린다고
그것도 몰랐냐며 배롱나무 나를 핀잔하더라

고향

검댕 낀 부엌
무너진 부뚜막
거기 부모님 사진 걸어놓고
절하고 싶었다

감나무 마음

감나무가
돌담 위 낮은 곳까지
가지를 뻗은 것은
지나는 행인
손 뻗쳐
뚝 따 가라는
감나무의 둥근 마음

도로 아미 명상

재떨이처럼 깨끗이 닦아놓은 마음에
누가 또 금방 재를 떨었나

달맞이꽃

반달보다 조금 더 큰 달은 없나
반달에서 보름달 중간 정도 되는 달
왜냐면 우리 누나 얼굴이 꼭 그렇거든
마늘쪽같이 갸름한 턱선에 크고 선한 눈망울
나 어려서 서울로 전학 갔을 때
그 누나 덕에 컸거든
누나 밥 먹고 자랐단 말이지
그러니까 나는 누나가 보내주는
훈훈한 달빛 받아 피어난 달맞이꽃이었던 거지
그런 내가 시를 쓴다고
30년도 넘게 폼 잡았는데
빙충맞게도 지금까지 나 누나 위한 시 한 편 안 쓴 거라
내가 할 수 있는
마땅히 해야 할 최선의 일 하나를 안 한 거라
시나브로 누나도
보름달 지나 점점 야윈 하현달로 가는데

천수관음

천방지축 물고기들이
제멋대로 뚫어놓은 무수한 바다 구멍
그 구멍 메우느라
천 개의 손으로 출렁대는 바닷물

눈물별

몸속 어딘가 눈물별
별사탕처럼 도글도글 굴러다니다
슬픔이 밀어 올려 주르륵 쏟아지면
눈물별 한 방울 바위보다 무거워
짓눌렸던 가슴 후련해진다

우리는 너무 많이 버린다

우리는 버려도
너무 많이 버린다
침대도 버리고
강아지도 버리고
사람도 버린다
새것을 구하면서
누더기 된다

매미

모기 입이 삐뚤어진다는
처서 지난 어느 날
매미 한 마리 태어나고 있었다

7년 땅속 어둠을 뚫고
죽음의 긴 터널 지나
겨우 찾은 안전한 자리
나무 기둥에 발톱 단단히 박고
이제 막 허물 벗어 태어나는 자리에
거미가 줄을 치고 기다리고 있었다

나는 휴대폰으로 사진부터 찍으며
허리 굽혀 거미줄을 살펴보았다
나뭇잎 어딘가 숨어
최후의 일격을 노리는 거미는 보이지 않고

오랜 공복의 끝
먹지 않으면 더 이상 살 수 없는 거미와
이제 막 태어나는 연둣빛 새 생명 사이
나의 고뇌는 깊어졌다

\>
팽팽히 당겨진
아침 한때의 시간이 그렇게 지나갔다

나는 인간 세상의 소리보다 더 크게 울
어린 매미를 위해
거미줄 한쪽을 걷어놓았다

선인장 꽃

초고속 시대
3년 만에 선인장 꽃을 피웠다

천천히 아주 천천히
제 걸음으로 걸어가
빨간 꽃등의 스위치 딸깍 올렸다

사람이었으면
벌써 퇴출당했지
너 같은 부적응아를
가만두지 않았지

빨리 갈수록 작아지는 세상에
제 발로 걸어간 선인장이
그 어려운 일을 해냈다

진보에 대하여

단순함이 진보다
이 말은 간디의 말이다

약한 것에 힘을 보태는 것
이 말은 나의 말이다

강자는 자본처럼
자기 증식하는 힘이 있다
하지 말라고 해도
구르는 눈덩이처럼 스스로 불어난다

약자는 힘을 보태지 않으면
없어진다, 잔인한 밤의 희망에 시달리다
아침에 녹아 사라진다

고통의 원리

소낙비가 아무리 두드려 패도
빗방울 받아 안아 동글동글 굴리다
때 되면 왈칵 쏟아버리는
연잎처럼

아무리 빗줄기가 사납게 쏟아져도
끊기지 않고
비 온 후 작고 영롱한
물방울 맺는 거미줄처럼

고통은 너를
땅바닥처럼 움푹 파이게도 하고
연잎으로 거미줄로
단련하기도 한다

새해 연하장

올 한 해 당신은
뒷걸음으로 왔구려
절뚝거리며 왔구려
고생했어요 수고했어요
이제 여기 이
새해의 문을 열고 들어가시구려
일 년에 한 번 여는 문
문턱이 없어
누구나 들어가는 문
어제의 얼룩은 지우고
새해의 문을 여시구려
새해에는 새 마음으로
당신 길을 가시구려

그렇게 살고 싶다

삶을 맛있게 먹고 싶다
한 입 움먹 베어 물면
단물 줄줄 흐르는 복숭아처럼

삶을 진하게 마시고 싶다
혀끝에 닿은 맛이 순식간에 온몸에 퍼지는
에스프레소 커피처럼

죽을 때까지가 아닌
살 때까지 살다 죽고 싶다

그렇게 살고 싶다
오늘, 오늘, 오늘을
이것이 내 삶이야 말할 수 있는
그런 삶을 살고 싶다

새끼 밴 암소 떠받치고 있는
오뉴월 풀밭으로 살고 싶다

해　설

생명, 그 '따듯한 그물망'의 윤리학을 읽다

오철수(시인)

　시인으로 35년을 살고 11번째 시집을 묶는 것은 어떤 의미일까?

　이런 생각을 하게 된 것은 원고를 통독하며 형상적으로 쓰인 생에 대한 지혜서를 읽는 기분이었기 때문입니다. 마치 건강한 삶을 위한 윤리학 같은 느낌입니다. 시집의 첫 시도 다른 무엇보다 "우선 잘 살아라"(『문득』)는 염원입니다. 이를 얼마나 중요하게 생각하느냐 하면 "맨손체조 하는 너를 보니/ 마음이 놓인다// 밤새 별일 없이 잘 잤으니까/ 아침에 일찍 일어났으니까/ 하루를 준비하기 위해 몸을 푸니까/ 그만큼 너의 삶을 너는 사랑"(『아침 운동』)하는 증좌라고 말할 정도입니다. 시집 전체가 삶의 광학光學으로 본 건강한 삶을 이루는 윤리에 관한 것입니다.

그러면 시인이 바라는 삶은 어떤 것일까요?

삶을 맛있게 먹고 싶다
한 입 움먹 베어 물면
단물 줄줄 흐르는 복숭아처럼

삶을 진하게 마시고 싶다
혀끝에 닿은 맛이 순식간에 온몸에 퍼지는
에스프레소 커피처럼

죽을 때까지가 아닌
살 때까지 살다 죽고 싶다

그렇게 살고 싶다
오늘, 오늘, 오늘을
이것이 내 삶이야 말할 수 있는
그런 삶을 살고 싶다

새끼 밴 암소 떠받치고 있는
오뉴월 풀밭으로 살고 싶다

                       —「그렇게 살고 싶다」 전문

한마디로 하면 삶이 중심에 놓이는 삶입니다. "죽을 때
까지가 아닌/ 살 때까지 살다 죽고 싶다"고 하는 것으로 보
아 죽음보다 삶을 삶의 중심에 놓고 살겠다는 생각이 확실
합니다. 그러니 죽음을 미리 불러들여 살 필요는 없습니다.

죽음을 불러들이는 것은 연극적 상황을 만들어 삶을 번잡스럽게 하는 것입니다. 그래서 지금 여기의 삶을 살고자 합니다. 그렇게 되기 위해서는 삶이 삶을 위한 양식이 되어야 합니다. "삶을 맛있게 먹고 싶다/ 한 입 움먹 베어 물면/ 단물 줄줄 흐르는 복숭아처럼". 그리고 먹은 것은 곧 삶의 몸이 되어야 합니다. 그래서 "삶을 진하게 마시고 싶다/ 혀끝에 닿은 맛이 순식간에 온몸에 퍼지는"이라고 합니다. 결국 날마다 삶으로 삶을 환호하는 삶, "오늘, 오늘, 오늘을/ 이것이 내 삶이야 말할 수 있는/ 그런 삶"을 사는 것입니다. 가히 삶에 대한 무조건적 긍정이 아닐 수 없습니다. 하지만 그렇다고 하여 삶의 가치조차 묻지 않는 것은 아닙니다. 왜냐면 삶은 그럴지라도 그 삶이라는 조건은 관계적이기 때문입니다. 삶은 그 시작부터 전체 속의 부분, 전체를 충분히 느끼는 부분의 삶입니다. 그렇기에 늘 전체를 의식하고 돌보며 함께해야 합니다. 비유하자면 "새끼 밴 암소 떠받치고 있는/ 오뉴월 풀밭으로" 사는 것입니다.

시인은 그런 삶을 지구를 살아가는 모두에게 권합니다.

그래서 시인이 생각하는 관계적 세상의 모습도 궁금합니다.

심층 생태학적 관심에서 보통 생명의 그물로 부르는 무심한 관계의 세계를 시인은 훨씬 인간화시켜 말합니다. 여기서 인간화시킨다는 말은 자아 중심의 소유적 욕심을 더한다는 뜻이 아니라, 나눔과 증여의 존재적 본성으로 함께한다는 것입니다. 그를 시인은 "지켜보는 눈길들이 짜는/ 따뜻한 그물망/ 지구의 무거운 중력을/ 살짝 들어올린다"(「지켜보다」)로 표현합니다. 이 구절에서 확인할 수 있는 입장은 첫째, 생명의 그물은 모든 것을 연결할 뿐만 아니라 무심함을 넘어 생명이 흐르는 "따뜻한 그물망"이라는 것이고, 둘째 생명적 관심으로 관계가 만들어진다는 것이고, 셋째, 그 그물망이 바라는 바는 혹은 능력은 지구의 중력을 "살짝 들어올린다" 정도라는 것입니다. 무엇이든지 바닥으로 끌어당기는 중력을 살짝 들어올려, 생명의 그물이 지속 가능하도록 하는 역할입니다.

다음 시에 이 세 가지 특징이 잘 드러납니다.

생전 어머니는 나에게
사랑한다는 말을
한 번도 하지 않으셨다, 대신

어디 가서두 밥 굶지 말어

어머니는 사랑을 밥이라고 했고
나는 그 사랑을 먹을 때마다
마음 안쪽이 가득 부풀어 올랐다
　　　　　　　　　　—「어머니의 사랑법」 전문

생명의 그물은 생명을 살리는 구체적인 행위가 이어져 만들어집니다. 생명을 살리는 행위를 추상적으로 말하면 '사랑'이지만, 구체적으로 말하면 '살도록 먹이는 것'입니다. 사실상 관계적 생명 나눔입니다. 그래서 기계적 무심함보다 생명적 관심으로 이어진 "따뜻한 그물망"입니다. 대표적 예가 어머니의 사랑법으로 "생전 어머니는 나에게/ 사랑한다는 말을/ 한 번도 하지 않으셨다, 대신// 어디 가서두 밥 굶지 말어// 어머니는 사랑을 밥이라고" 했다고 합니다. 밥으로 당신의 몸과 마음을 나누는 것입니다. 그래서 "나는 그 사랑을 먹을 때마다/ 마음 안쪽이 가득 부풀어 올랐다"는 것은 일차적으로 무엇이든지 바닥으로만 끌어당기는 중력을 살짝 들어올리는 생명적 힘을 갖게 되었다는 것입니다. 살 수 있는 몸과 마음이 되는 것입니다. 그리고 동시에 마음 안쪽이 가득 부풀어 오른 만큼 생명적 힘이 흘러나갈 수 있는 관계적 존재가 되었다는 것입니다.

이를 시인은 "선의善意"라고 말합니다.

오늘도 둥지를 틀도록

나무는 새에게 손가락 세 개를 내어주고

잠든 고양이 깨지 않도록

기척을 줄이며 어린아이가 발걸음을 걷는다

사람에게 선의가 있다는 게 얼마나 다행인가

선의가 악의보다 조금 더 많다는 게 얼마나 고마운가

싸우지 않고 서로 잘되기를 바라는 것

마당에 참새들이 날아와 반짝거려 준다는 것

언제부터 나는 이런 선의 속에 살았나
                                    ―「선의善意」 전문

　생명적 관심과 먹임과 사랑이 흘러가는 관계의 "따뜻한 그물망"은 그것이 지속 가능하도록 하는 마음을 갖게 하는데, 그것이 바로 선의라는 것입니다. 이 선의도 결코 추상적이지 않습니다. 시인은 이도 "싸우지 않고 서로 잘되기를 바라는 것"이라고 분명하게 말합니다. 그리고 "언제부터 나는 이런 선의 속에 살았나"라고 말하는 것으로 보아, 선의를 생명의 그물망의 본질로 보는 듯합니다. 인간은 그 안에서 태어나고 살고 죽습니다. "오늘도 둥지를 틀도록// 나무는 새에게 손가락 세 개를 내어주고// 잠든 고양이 깨지 않도록// 기척을 줄이며 어린아이가 발걸음을 걷는" 것은 학습이 아니라 존재적 본성에 의한 것입니다. 그러니 우리가 생명으로서 생명의 그물에 있는 한 이 선의를 재의식하여 전부로 한 삶을 살도록 해야만 하는 것입니다.

　이것이 제가 글머리에서 이번 시집 원고가 전체적으로 자연함의 삶이 취해야 하는 윤리학 같다고 했던 까닭입니다.

　그러면 서로 잘되기를 바라는 선의善意의 삶을 위해 주체에게 가장 필요한 윤리 의식은 무엇일까요?

첫째, 우리는 약하다는 것을 잊지 말고 사랑해야 한다는 것입니다.

인간이 자연을 살아가기에는 다른 생명체보다 약하다는 것은 잘 아는 사실입니다. 그래서 인간은 지능을 개발하여 약한 본능 체계를 보완합니다. 그럼에도 그것은 보완일 뿐 여전히 또 영원히 인간은 약합니다. "누구나 처음엔 겁에 질려 운다// 사정없이 두 눈을 찔러오는 빛// 돌아갈 수 없는 그 길에/ 누구나 강보에 싸여 빨간 울음을 운다// 칭기즈칸도// 끝순이도"(『탄생』). 그래서 서로 생명적 관심과 먹임과 사랑이 흘러가는 관계의 "따뜻한 그물망"을 의식적으로 끝없이 재생산해야 합니다.

사람은 종이에도 베이는
약한 존재

사람은 큰 산이 아닌
작은 돌부리에 걸려 넘어지는
사소한 존재

작고 연약함이
서로를 사랑하게 한다

미웠던 사람도 다시
사랑하게 한다

「사랑의 이유」 선눈

세계를 집어먹겠다고 온갖 잘난 척을 하는 사람도 종이에 손이 베이고, 작은 돌부리에 걸려 넘어집니다. 이것이 인간입니다. 이런 인간의 조건을 사소하게 취급하고 인간의 지능만 좇으면 그 지력은 생명의 그물망 속에 있는 인간을 위해 더 이상 유용하지 않습니다. 그래서 시인은 '본능적 취약함에서 지능 개발'이 아니라 '사랑의 길'을 제시합니다. "작고 연약함이/ 서로를 사랑하게 한다". 약함에 대한 본능적 대응이 지능이라면, 본성적 대응을 사랑이라고 보는 것입니다. 지능이 점점 인간의 삶을 파괴하는 데까지 나아간 지금, 이런 사랑을 재능동화 하는 윤리는 정말 중요합니다. 시인은 아예 다음처럼 명제화합니다. "약한 것에 힘을 보태는 것/ 이 말은 나의 말이다// 강자는 자본처럼/ 자기 증식하는 힘이 있다/ 하지 말라고 해도/ 구르는 눈덩이처럼 스스로 불어난다// 약자는 힘을 보태지 않으면/ 없어진다, 잔인한 밤의 희망에 시달리다/ 아침에 녹아 사라진다"(「진보에 대하여」). 생각하고 말 것도 없이, 약하기에 선의를 더해 나가며 생명의 그물을 짜야 합니다. 이것이 자연 속에서 인간 존재의 의무이고 권리입니다.

둘째, 선의를 위해서만 관계적인 제 몫("그들만의 그만큼")의 일을 부지런히 해야 합니다.

소유적 욕심을 위해서도 사회적 명령에 의해서도 아니고, 오직 저를 나누는 생명적 기쁨에서 부지런히 일해야 합니다. "개미는 개미만큼 일하고/ 벌은 벌만큼 일한다// 초원의 코끼리도/ 얼룩말도/ 그들만의 그만큼// 인간만이/ 그

이상 일한다// 산은 우뚝 서서 일하고/ 물은 도란도란 흐르면서 일한다"(『그만큼』). 이렇게 제 몫의 일을 기쁘게 하는 것이 생명의 그물로 선의가 흘러가게 하는 유일한 방법입니다. 제 몫을 넘어서면 선의善意라 할지라도 변질됩니다. 관계에 과부하가 걸리고 그만큼 저와 관계 모두를 손상시킵니다. 그런데 이렇게 말하면 마치 생명적 관계에서의 몫의 일이 놀고먹는 것으로 종종 오해되기도 합니다. 하지만 엄마의 일을 생각해 보면 그렇지 않다는 것은 분명합니다. 제 몫의 일은 결코 한가롭지 않습니다. 제 몫의 일을 의식하는 것은 무한한 책임감과 섬세한 관심으로 쉴 새 없이 하지 않으면 안 되는 일입니다.

다음 시에서 그런 모습을 봅니다.

억센 소나기
공손히 받아 안아
깎는 듯 다듬는 듯
토닥이듯 재우듯
보태는 듯 더는 듯
흔드는 듯 안는 듯
줄이는 듯 늘이는 듯
굴리는 듯 다지는 듯
투명한 물방울
동글동글 빚어내는
저 토란잎

—「아듬나운 손」 전문

이렇게 부지런하게 움직이지 않으면 생명적 관계에서 자신을 나누는 제 몫의 일은 불가능합니다. 선의로서의 제 몫의 일에는 나태나 게으름 같은 것이 없고, 또 착취나 욕심 같은 것도 없습니다. 왜냐하면 자기의 부지런함 또한 선의로 생명의 그물을 타고 흘러나가야 하기 때문입니다.

셋째, 관계적 몫의 일 아닌 것을 덜어내야 합니다.

일종에 마음 비우기입니다. 앞서도 말했지만 인간은 이 세계에 살기 위해 지능을 개발하여 약한 본능 체계를 보완합니다. 그런데 속도와 경쟁이라는 두 개의 엔진으로 굴러가는 사회에서 이것은 자기 소유를 크게 하려는 욕심이 되곤 합니다. 이를 스스로 제어할 수 있는 것이 관계의 그물을 생각하며 제 욕심이나 집착을 덜어내는 일입니다. "젊어서는 행복이/ 꼭 뭘 이루거나/ 가져야 하는 줄 알았다// 나이 들며/ 생의 간절함 갈수록 커지면서/ 행복은 곁에 있다/ 아프지 않은 것/ 하고 싶은 일 하는 것/ 만나고 싶지 않은 사람/ 안 만나도 되는 것// 젊어서나 나이 들면서나/ 행복은 모두 아름답지만/ 너무 행복하길 바라지 않는 것이/ 행복의 지름길이다"(「행복의 지름길」). 욕심과 집착을 줄이는 것이 마음처럼 되는 것이 아니라면, 관계를 깊게 느끼며 몫의 일에 열중한 것이야말로 욕심을 나눔의 기쁨으로 바꾸는 유일한 길입니다.

시인도 다음처럼 말합니다.

집착의 반을 버리면

묻혔던 사랑 맑게 드러난다

욕심의 반을 뚝 잘라 버리면
네 가슴에 평온의 지평선 떠오른다

살지 못할 이유 반을 잘라 버리면
그래도 살 만한 세상이다

골치 아픈 생각 반을 잘라 버리면
홀가분함에 자리 툭툭 털고 일어선다

반만 잘라 버려도
인생의 시소 기우뚱
안 보이던 세계 눈앞에 나타난다

—「반을 버려라」 전문

집착과 욕심의 반을 뚝 잘라 버릴 때 생겨나는 "묻혔던 사랑 맑게 드러난다"와 "가슴에 평온의 지평선 떠오른다"와 "안 보이던 세계 눈앞에 나타난다"가 바로 "따뜻한 그물망"의 세계 그 자체입니다. 그 안에서 생명 나눔을 하는 것만으로도 충분히 기쁩니다. 그 기쁨이 자기를 재생하고 또 생명의 그물을 타고 한 바퀴 돌아서 되먹임 됩니다. "반만 잘라 버려도"!

넷째, 삶을 좋아하고 사랑하는 자세가 요청됩니다.

삶에 대한 사랑은 많은 현자들이 한 말인데, 시인은 그 조건을 읊은 시에서 "골치 아픈 생각 반을 잘라 버리면/ 홀가분함에 자리 툭툭 털고 일어선다"고 합니다. 홀가분해질 때, 그래서 내 몸으로 "따뜻한 그물망"을 느낄 때 제대로 좋아할 수 있는 것입니다. 하지만 골치 아픈 생각을 잘라낸다는 것이 마음 같지 않습니다. 그를 위한 방식이 가깝고 직접적인 것부터 생각하기입니다. "너와 함께/ 가장 밥을 자주 먹은 사람 누구인가/ 그 사람이 네 인생이다"(「누구인가」), "새소리 들으려면 새와 가까이 있어야 하듯/ 너를 사랑하려면/ 네 곁에 있어야 한다"(「새와 나 사이」), "매일 소곤대는 너와 나의/ 사소한 이야기가/ 우리 사이 오래 시들지 않게 한다"(「이야기는 힘이 세다」)의 태도를 가지면, 바로 거기에서 삶을 긍정하는 힘이 자라나고, 삶에 대한 사랑이 가능합니다.

꽉 짜인 보도블록 틈
실낱같은 풀
악착같이 사는 것도
좋으니까 그런다

40년 50년
사네 못 사네 싸운 부부
이혼 안 하고 지금까지 사는 것도
좋으니까 그런다

그럼 좋으니까 그러지
좋은 것은 오래간다
좋은 것엔 이유가 없다

저것 봐 저것 좀 봐
둘이 그렇게 좋아하더니
얼굴이며 웃는 모습이
꼭 닮았어

—「좋으니까 그런다」 전문

    좋아할 수 있기 위해서는 "반을 버려라"를 통해 제 안에 들어와 있는 따듯한 그물망에서 제 몫의 삶을 느껴야 합니다. 다른 것과 다른 자신을 알아야 좋아할 수 있는 것입니다. "꽉 짜인 보도블록 틈/ 실낱같은 풀"이 자신을 다른 조건의 풀에 견주어 불행의식을 느낀다면, 어떻게 한세상을 살 수 있겠습니까? 그 풀이 악착같이 살 수 있는 것은 자기 차이를 삶의 의미로 얻었기 때문입니다. 그 차이의 생명 나눔을 하기에 "사네 못 사네" 하면서도 삶이 도타워지고 근육도 생기며, "저것 봐 저것 좀 봐/ 둘이 그렇게 좋아하더니/ 얼굴이며 웃는 모습이/ 꼭 닮았어"의 삶이 되는 것입니다. 긍정된 차이의 자기를 나누는 삶에서 좋아함과 사랑이 가능합니다.

    다섯째, 그 삶을 긍정하고 사랑하는 힘이 있으면, 불행이라고 불리는 것들도 값진 것이 되게 할 수 있습니다. 사랑의 힘은 부족한 많은 것을 풍성하게 만듭니다. 생각해 보십시오. 시인은 "밥하다 태웠다고/ 성질내지 말고/ 누룽지 생겨 좋다고 하라/ 밥에서 밥과/ 누룽지가 생겼으니/ 네 기쁨 두 배가 된 거 아니냐"(「누룽지」)의 태도를 취합니다. 물론

153

밥을 태웠을 때 누구나 잠시 화가 날 것입니다. 하지만 거기에 "오래 머물지 않는다/ 바람에 필사적으로 떠나보"(「나무의 생존」)냅니다. 그렇게 하여 현재 문제가 되고 있는 일을 긍정적이고 새로운 상황으로 만듭니다.

그래서 시인은 고통의 원리라는 삶의 태도를 선언합니다.

소낙비가 아무리 두드려 패도
빗방울 받아 안아 동글동글 굴리다
때 되면 왈칵 쏟아버리는
연잎처럼

아무리 빗줄기가 사납게 쏟아져도
끊기지 않고
비 온 후 작고 영롱한
물방울 맺는 거미줄처럼

고통은 너를
땅바닥처럼 움푹 파이게도 하고
연잎으로 거미줄로
단련하기도 한다

—「고통의 원리」 전문

그러니 소위 불행이라고 불리는 것에 대해 어떤 태도를 취해야 하겠습니까? 물론 "단련"이란 게 쉽지 않습니다. 하지만 삶을 사랑하는 자는 그 상황을 새로운 시작으로 만듭니다. 그렇기에 지치지 않고 빗방울 받아 안아 동글동글 굴릴 수 있고, 아무리 빗줄기가 사납게 쏟아져도 거미줄처럼 비 온 후 작고 영롱한 물방울을 맺는 것입니다. 불행은 그것을 이겨냈을 때 삶을 더 풍성하게 하는 필요조건이 됨을 이 시에서 확인할 수 있습니다.

이렇게 조재도 시인의 11번째 시집 『좋으니까 그런다』는 "따듯한 그물망"에서의 생의 윤리학을 말합니다. 그런데 이런 읽기가 성공적이 되기 위해서는 우리 마음에 심층 생태학적 관심을 삶의 조건으로 받아들인 "따듯한 그물망"이 들어와야 합니다. 그리고 그와 더불어 생명 나눔에 대해 생각할 수 있는 여지가 있어야 합니다. 물론 시를 쓰는 사람의 입장에서는 순전히 서정의 방식으로 그런 이론적 전제를 넘어서려 하고 넘어서고 싶어 합니다. 왜냐하면 문학은 머리가 아니라 삶의 가슴으로 들어가는 방식이기 때문입니다. 시인의 이번 시집은 그런 목적을 분명히 하는 듯합니다. 그래서 저는 이번 시집에서 다음 시를 가장 자연스럽게 생명의 그물망에 대한 느낌을 측량할 시금석으로 주목합니다. 이 시를 읽으며 인간의 존재와 더불어 사는 다른 존재의 관심과 선의善意를 어렴풋이라도 느낄 수 있다면, 분명 이번 시집을 "따듯한 그물망"의 생명적 윤리학으로 읽게 될 것입니다.

11번째 시집 『좋으니까 그런다』 발간을 축하하며 읽겠습니다.

밭에서 따 온 늙은 호박이

부엌에서 호박죽이 되어 박죽박죽 끓는 동안

졸지에 자식 잃은 호박 덩굴

된서리에 잎도 다 말라 줄기만 앙클한 그 덩굴

넌줄넌줄 뻗어와 그 집 부엌 서성거리네

어둠을 밀어낸 흐린 불빛 아래

부엌 바닥에 놓인 밥상

오늘은 별식으로 호박죽을 먹어보자

두 늙은이 마주 앉아 후후 호박죽 먹네

그 모습 보고서야

마른 탯줄 같은 호박 덩굴 고개를 끄덕이네

마음이 놓인다고

이제 막 밭에서 캔 감자 같은 사람들이

제 새끼 맛있게 먹어주어 좋다고

호박 덩굴 다녀간 것도 모르고

두 늙은이 마주 앉아 호박죽 먹네

—「늦가을 저녁」 전문